MW0160E145

Pour Nelly et Michel
Q.G.

Pour Quentin G.
I.M.

Janvier 2007

© 2007 Editions Mijade
16-18, rue de l'Ouvrage
B-5000 Namur

Texte © 2005 Isabelle Maquoy
Illustrations © 2005 Quentin Gréban

ISBN 978-2-87142-589-2 (Broché)
D/2007/3712/03

ISBN 2-87142-446-2 (Album)
D/2005/3712/28

Photogravure HTP
Imprimé en Belgique

Isabelle Maquoy

Mélie

Quentin Gréban

Mijade

Dans une ruche
bourdonnante et obscure,
à l'orée de la forêt,
vit une petite abeille.
Elle s'appelle Mélie.
Elle est toute jeune encore,

et elle n'est jamais sortie de la ruche.

« Il n'est pas encore temps, Mélie »,
lui dit la reine, qui est la maman
de toutes les abeilles.

« Tu dois encore grandir, encore apprendre.
Mais le jour viendra où tu seras prête,
et alors tu t'envoleras.

Maintenant, retourne près de tes sœurs. »

Mélie se remet au travail.
Il y a tant à faire dans la ruche !

Mais c'est toujours la même chose
et Mélie s'ennuie…

Ses grandes sœurs, elles,
sortent tous les jours pour butiner.
Elles rentrent chargées de nectar
et d'images merveilleuses.
Dehors, il y a le ciel,
le soleil, les arbres, les fleurs,
tant d'autres choses !

Mélie essaye de les imaginer.
C'est difficile…
Il lui tarde de sortir à son tour.

Mais soudain, tout bascule.
La ruche est en danger !

C'est un ours qui attaque !

Comme un nuage furieux,
Mélie et ses sœurs
se précipitent sur lui.

L'ours lance des coups de patte pour chasser les abeilles.
Mais il y en a trop, alors il s'enfuit en poussant de petits cris plaintifs.

Mélie se pose sur un champignon, toute tremblante.
Ça y est, elle est dehors ! Pour la première fois,
elle voit le monde et ses merveilles.

C'est magnifique ! Timidement,
Mélie ouvre les ailes et hop, elle s'envole.

Voici des fleurs, et Oh! des papillons!
Mélie se pose près de l'un d'eux
et boit un peu de nectar.

«C'est bon, hein?» dit le papillon.
«Mais il y a mieux encore.
Hier dans la vallée,
j'ai goûté des fleurs géantes.
Si j'étais toi, j'irais voir jusque-là…»

Mélie hésite.
Ses sœurs ne vont jamais
dans la vallée, c'est bien trop loin!
Elles n'ont jamais vu ces fleurs géantes!

Comme Mélie serait fière de ramener
à la ruche un peu de leur nectar…

Allons, c'est décidé!
Et saluant le papillon,
elle s'envole vers la vallée.

Mais le danger guette les abeilles aventureuses.

Tout près, une araignée a tendu sa toile.
Elle est si fine que Mélie ne la voit pas.
La voilà prise au piège.

Avec horreur, elle voit l'araignée s'approcher…

…quand soudain, on l'emporte dans les airs !
Sauvée !
Oui, mais pas pour longtemps.
Les oiseaux ne sont pas non plus
les amis des abeilles.

«Petits-petits», glousse la maman oiseau
en donnant la becquée à ses oisillons.
Les petits ouvrent des becs avides
et Mélie descend vers leurs gorges roses.
Mais tout à coup, le bec de la mère s'ouvre.
Elle pousse un cri furieux et chasse la martre
qui croyait surprendre les petits seuls au nid.

Mélie en profite pour s'échapper.

Ouf, merci, la martre !

Mélie reprend sa route. Mais la vallée est loin.
Bientôt, la nuit tombe. Il faut qu'elle trouve un abri.
Une forme sombre se dresse devant elle. Mélie se pose à l'aveuglette.
Elle se blottit dans un coin et s'endort tout de suite.

Le lendemain, Mélie est bien étonnée de voir le drôle d'arbre
dans lequel elle a passé la nuit. De là-haut, elle découvre
un curieux paysage d'un jaune éclatant, éblouissant !
On dirait des soleils portés sur de longues tiges…

...ce sont les fleurs géantes!

Le papillon avait raison:
quel paradis pour les abeilles!
Mélie prend un bon petit déjeuner.

Puis, lourdement chargée de pollen odorant
et de nectar sucré, elle reprend le chemin de la ruche.

Tout le monde est au travail.
Mais dès que Mélie arrive,
des abeilles viennent à sa rencontre,
attirées par l'odeur de son chargement.
Mélie leur raconte son aventure,
et elle fait goûter à chacune
le précieux nectar et le pollen parfumé.

«Où sont ces fleurs merveilleuses?»
demandent les abeilles.

Alors Mélie se met à danser.

C'est comme ça que les abeilles
expliquent à leurs sœurs où trouver les fleurs.

Trois pas en avant, trois pas en arrière,
Mélie leur raconte tout ce qu'elle a vu.

Les abeilles sont en émoi.
Des fleurs grandes comme des soleils ?
Il doit faire bon vivre dans cette vallée.

«Là-bas, c'est mieux qu'ici!»
bourdonnent les abeilles.
«Partons, partons vite!

Vive Mélie, et à nous la grande vie!»